Vente du Vendredi 26 Février 1869

A DEUX HEURES PRÉCISES

# AQUARELLES

ET

## DESSINS MODERNES

EXPOSITION PUBLIQUE

LE JEUDI 25 FÉVRIER 1869


Mᵉ BOUSSATON
COMMISSAIRE-PRISEUR
rue Le Peletier, 7

M. Francis PETIT
EXPERT
rue St-Georges, 7


PARIS — 1869

**RENOU ET MAULDE**

IMPRIMEURS DE LA COMPAGNIE DES COMMISSAIRES-PRISEURS

Rue de Rivoli, 144

# CATALOGUE

DES

# AQUARELLES

ET

# DESSINS MODERNES

DONT LA VENTE AURA LIEU

## HOTEL DROUOT

SALLE N° 5

**Le Vendredi 26 Février 1869**

A DEUX HEURES PRÉCISES

Par le ministère de Me **BOUSSATON**, Commissaire-Priseur,
rue Le Peletier, 7,

Assisté de M. **FRANCIS PETIT**, Expert, rue Saint-Georges, 7.

## EXPOSITION PUBLIQUE

Le Jeudi 25 Février 1869, de une heure à cinq heures

PARIS
RENOU & MAULDE
IMPRIMEURS DE LA COMPAGNIE DES COMMISSAIRES-PRISEURS
**Rue de Rivoli, 144**

1869

## CONDITIONS DE LA VENTE

Elle sera faite au comptant.

Les Adjudicataires paieront CINQ POUR CENT, en sus des enchères, applicables aux frais de vente.

# DÉSIGNATION

## ANDRIEUX

1 — Une longue Étape.

Aquarelle.

## BEAUMONT (Edouard de)

2 — Un Jour de Fête.

Aquarelle.

## BELLANGÉ (Hipolyte)

3 — Le Troupier aux Champs.

Aquarelle.

4 — Chasseur à cheval.

Plume.

5 — Tambours-Majors, étude.

Dessin.

6 — Croquis militaires.

Plume.

## BERJON

7 — Femme vue de dos. Costume du Directoire.

Lavis.

## BOILLY

8 — Scène de Famille.

Sépia.

## ROSA BONHEUR

9 — Cheval de Fermier arrêté à une auberge.

Sépia rehaussée.

## BONINGTON

10 — Paysage. Effet de soleil couchant.

Aquarelle.

11 — Dame et Cavalier. (Croquis.)

Sépia.

## BOYS

12 — L'Église de Malines.

Aquarelle.

## BREST

13 — Une Rue de Constantinople.

Dessin à la plume.

## BROUN

14 — Cour d'une caserne de cavalerie en Angleterre.

Aquarelle.

## CALAME

15 — Les Pyramides.

Aquarelle.

## CHARLET

16 — La Partie discutée. Intérieur de cabaret.

Sépia.

## CICERI (Eugène)

17 — Vue prise à Abbeville.

Aquarelle.

## CICERI (Ernest)

18 — Vue de Rome et vue de Suisse.

Deux médaillons dans le même cadre.

Gouache.

## CLAYS (P.-J.)

19 — Calme avant la pluie.

Aquarelle.

## COUTURIER

20 — Poules et Canards.

Dessin rehaussé.

## DECAMPS

21 — La Fuite.

Dessin.

22 — Entrée de Ferme.

Aquarelle.

23 — Arabes en embuscade.

Dessin rehaussé d'huile.

## DECAMPS

24 — Intérieur d'une grotte.

Dessin rehaussé.

## DELACROIX (Eug.)

25 — Turc descendu de cheval.

Aquarelle.

26 — Le Simoun au désert.

Aquarelle.

— Le Tasse dans la prison des fous.

Croquis au lavis.

28 — La Captivité de Babylone. (Pendentif de la Chambre des Députés.)

Dessin.

29 — Étude de chat.

Sépia.

30 — Tigre couché.

Dessin.

31 — Deux Études de chat.

Dessin.

32 — Fragment, d'après Rubens.

Plume rehaussée.

## DEVERIA (Eug.)

33 — Le Retour imprévu.

Aquarelle.

34 — Page et grande Dame.

Aquarelle.

## DUFTON

35 — Marine : plage bordée de rochers.

Aquarelle.

## FIELDING

36 — Un Héron.

Sépia.

## FLANDRIN (Hippolyte)

37 — L'Industrie et l'Agriculture.

Dessins des médaillons exécutés au Conservatoire des Arts-et-Métiers.

Sanguine.

## FRAGONARD (Th.)

38 — Don Juan et la statue du Commandeur.

Aquarelle.

## FRAGONARD (Th.)

39 — La Visite au vieux manoir.

Aquarelle.

## GÉROME

40 — Figure d'Arabe.

Sanguine.

## GIRARDON

41 — Côtes de Provence.

Aquarelle.

## GRANET

42 — Intérieur d'un cloître avec figures.

Aquarelle.

## GROUX (Charles de)

43 — L'Hospitalité.

Aquarelle.

## HEILBUTH (F.)

44 — Au Printemps.

Aquarelle.

44 bis. — La Lisière du parc.

Aquarelle.

## HERVIER

45 — Paysage.

Aquarelle.

## INGRES

46 — Le Songe d'Ossian.

Dessin rehaussé.

47 — Raphaël et la Fornarina.

Dessin.

48 — Henri IV et l'Ambassade d'Espagne.

Dessin.

49 — Les Arts. Projet de médaille.

Dessin.

50 — Achille Murat. (Portrait fait d'après nature, à Naples, en 1814.)

Dessin.

## INGRES

51 — Lucien Murat. (Portrait fait d'après nature, à Naples, en 1814.)

Dessin.

52 — Groupe de Figures. Fragment du Miracle de la Messe de Bolsena, d'après Raphaël.

Dessin.

## JACQUE

53 — Brebis et Agneau.

Dessin rehaussé.

54 — Paysanne faisant boire deux vaches.

Dessin rehaussé.

55 — Le Déjeûner des cochons.

Dessin.

## JOHANNOT (Alfred)

56 — Le Méssage.

Aquarelle.

57 — Faublas et la Marquise de B. La toilette.

Aquarelle.

58 — Faublas et la Marquise de B. La Convalescence.

Aquarelle.

## JUHEL

59 — Fantaisie diabolique.

Aquarelle.

60 — Après l'Enterrement.

Aquarelle.

## JUNG

61 — Bataille d'Aversted.

Aquarelle.

62 — Combat en Algérie.

Aquarelle.

## LAFON

63 — Femme de la campagne de Rome.

Aquarelle.

64 — Femme de Procida.

Aquarelle.

## MARILHAT

65 — Plage d'Orient.

Aquarelle.

## MEISSONIER

66 — Jeune Femme travaillant.

Sanguine.

67 — Figure d'Apôtre.

Dessin rehaussé.

## MELBIE

68 — Marine.

Fusain.

## MILLET (F.)

69 — Intérieur d'un vannier.

Dessin.

## MOZIN

70 — Voyageurs par un temps d'orage.

Aquarelle.

## NOEL (J.)

71 — Vue de Saint-Malo.

Aquarelle.

## OUVRIÉ (Justin)

72 — Vue de Suisse.

Aquarelle.

## PALIZZI

73 — Chèvres dans la montagne.

Aquarelle.

## PAPETY

74 — L'Adoration au Saint-Sépulcre.

Aquarelle importante.

## PILS

75 — Yamina n'aït sait de Taguemound (Kabylie).

Aquarelle.

76 — La Toilette des Turcos.

Aquarelle.

77 — Étude de Troupier.

Aquarelle.

78 — Autre Étude de Troupier.

Aquarelle.

## PRUD'HON

79 — Portrait d'un Académicien.

Dessin rehaussé.

## RAFFET

80 — Masina, colonel des lanciers garibaldiens.

Aquarelle.

## ROQUEPLAN

81 — Composition allégorique.

Dessin rehaussé.

82 — Le Lai du Seigneur.

Aquarelle.

83 — Un Garde-Française.

Dessin rehaussé.

## ROUSSEAU (Th.)

84 — Bords de Rivière.

Aquarelle.

## SCHEFFER (Ary)

85 — Un Croisé.

Aquarelle.

## TESSON

86 — Marché à Rouen.

Aquarelle.

## VERNET (HORACE)

87 — Hussard à cheval, en tirailleur.

Sépia.

## VERVEER (S.-L.)

88 — La Rue des Juifs, à Francfort.

Fusain.

## VILLERET

89 — Une Ville d'Allemagne.

Aquarelle.

90 — L'Église Saint-Étienne-du-Mont.

Aquarelle.

## VOILLEMOT

91 — La Déclaration.

Dessin.

RENOU et MAULDE, Imprimeurs de la Compagnie des Commissaires-Priseurs, rue de Rivoli, 144. 22264

13

26

[illegible]

27

18

[illegible]

27

16

5 9

[illegible]

RED. :

19

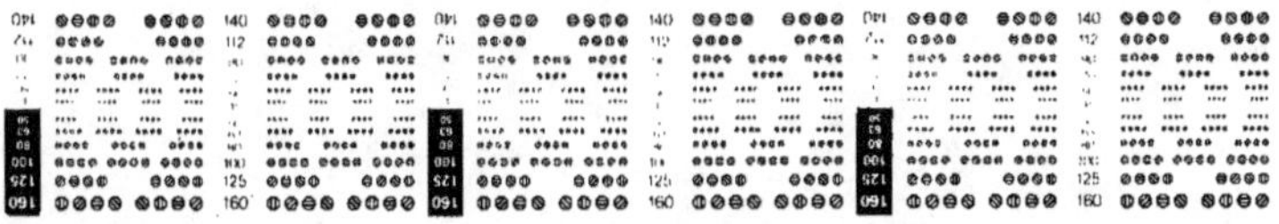

MIRE ISO N° 1
NF Z 43-007
AFNOR
Cedex 7 - 92080 PARIS-LA-DEFENSE

graphicom

0 1 2 3 4 5 6 7 8 9 10

www.ingramcontent.com/pod-product-compliance
Lightning Source LLC
LaVergne TN
LVHW052034160826
845678LV00003B/1347

* 9 7 8 2 3 2 9 6 2 6 5 0 5 *